東國人 句集

白熱灯

コールサック社

東國人句集　白熱灯　目次

句集 白熱灯

Ⅰ 白熱灯

昭和五十二年～平成元年

三四句

天平の甍に高く鷹一つ

線香の灰落つぽつり冬の凪

壇上の白木蓮に時ややゆく

喪の家に笑い声満つ夏の闇

かぶりつく枇杷の実夜の白熱灯

国道に蟹の骸のふっとある

轟々と燃ゆる御霊を家に呼ぶ

夜学生帰路の星座の位置変わる

藁塚の藁一本のラディゲの死

恋の字を彫りし机に秋の暮

金襴緞子明日の朝を待つ夜露

左翼ビラ踏まれたる街紀元祭

マネキンの指さしている春の雨

太宰忌を死蠟のごとく昼寝たり

切株の跡に真っ赤なビルが建つ
若者のへへへと笑う雪が降る

幾万の眼に揚花火足に闇

原民喜全集に躓く炎天下

熟し柿私はひとり歩くのか

動物園のカバも眠れる天の川

霜夜《そうや》黙して鉛筆の先眺めている

クリスマスツリーの点かぬ一豆球

整然と椅子を残して卒業す

君が今君達となり青葉燃ゆ

等距離を保つコーヒーカップ雷

なめくじのあまたあまたと這い進む

扇風機首振るばかり別離の日

千羽鶴一羽一羽へ秋の雨

レモン転がるどこまでも青い天

蝌蚪騒ぐじっと見つめただけなのに

しゃぼん玉存在という罪なこと

友の死へ羽音ばかりの夜の蝉

鹿の声がしたよ下宿の四畳半

階段をコツコツと来て霜の夜

Ⅱ　真白き所

平成一年〜平成十一年

四七句

死ぬまでは生きる蛍光灯チカチカ

骸より地底に続く蟻の列

輪廻転生写真を照らす蛍の火

蝉時雨あなたを灰にする煙

海からの足跡続く竹の花

常識的客観的理論的さて朧月夜

レノンの忌回転木馬は眼をとじる

涙して立ってるピエロ春の雪

東京を踏みつけて地図の上の蟻

蚊取線香のような全てが終わる夜

やせ犬のまなこの中の曼珠沙華

昨日より少し涅槃の捨案山子

何ヶ所か足跡を欠く秋の浜

首傾げいつも俺見る赤とんぼ

冬星座数えきれない過去が降る

三月十日黒板消しを二度落とす

八重桜時を飲み込むのどぼとけ

テレビ消す万の蛙が蘇る

軽々と基地の柵越え梅雨の蝶

急ぎゆく蟻を乗り越え蟻急ぐ

遠雷へ向けて男の乳首立つ

ゴミ袋大事に抱え赤とんぼ

鰯雲墓標の裏で月眠る

満月が昨日の街に赤く出る

冴ゆる夜の保護色となり眠りゆく

知恵の輪を冬の夜空に鏤《ちりば》める

花満開肩の力をおぬきなさい

靴下の穴の憲法記念の日

バケツの中俺の名月小せえな

鰯雲辞書に「特高」「特攻隊」

一葉忌輪ゴム伸ばせば白くなる

死の灰も降る天よりの花吹雪

青き梅ガリリ無月の夜がくる

蜘蛛の巣は月光つかむ包み紙

あめんぼの波紋の中の世紀末

前向きに来世もいこう走馬灯

原爆忌海馬も融けたあの日より

上下左右前後不覚の冬落暉

小指大の父となる日の春疾風

教壇という真白き所青嵐

みどり児のあぶぶぶあばば雲の峰

扇風機同じ形に母子眠る

バイバイでパパを迎える今日の秋

神経科待合室の秋白し

日曜の上に留まる冬の蝿

泣き虫は恥ではないぞ梅真白

いつまでもピンクの薔薇でお逃げなさい

Ⅲ　椎若葉

平成十二年～平成十九年

八二句

つつがなく竹で居ります藪の中

いつまでも平べってえな干鰈

花吹雪学歴社会主義国家

白鷺のそっと振り向く黄泉の国

「かぶと虫あります」京橋日本橋

一本の風に逆らう枯尾花

シクラメン今も燃えゆく手と手と手

二歳児の落とすそら豆被爆の図

形代の男沈みて女浮く

雨蛙次第に透けてゆくわたし

少年法語る少年残り蝉

ゴリラねる座ってねむる虫しぐれ

いつまでも青の時代の夕紅葉

あちこちに黄泉の入り口雪野原

花咲かん推量・意志の助動詞で

蠍座の男の歯形柏餅

空になりたくて飛魚飛び上がる

べったりと座る若者晩夏光

冬の雷今日と明日との境界線

福寿草土は押し分けやぶるもの

相模安房下総武蔵花の攻め

役人のすっと逃げ去る蛍烏賊

潮の香にかすかに死魚の臭い夏

遠雷にトロイの木馬やってくる

無を内に秘めて空蝉揺れている

炎天下園児の「オレ、つかれちゃったよ」

虫の声忽然と寝る四歳児

虫の声祖国祖国と石の下

冬の虹夢のむこうの祠の中

寒椿ぽとり学級崩壊す

オリオンへ人差し指をまず見せる

凍蝶へ太平洋という棺

穴ぼこのぼこのところの春の闇

春泥のてらてらてらてらと真砂女の死

啓蟄のピアスの穴に修羅の風

地に出でてみな空蝉になりたがる

冬鷗修正液で消す履歴

コンピュータ画面に桜ちりばめる

季語一つ消えて一つの蛍の火

椎若葉山が創りし海の色

バクの食う夢酸っぱくて半夏生

群青の海の底より半夏生

風上へ風をさがしに芒原

みみずくうなずく英霊ここよ早く早く

鯉になる金魚の夢へ春の雷

母親のオムツのぬくみ春の雷

非常口出づれば木瓜の裏鬼門

サーカスの裏で跳ねてる万愚節

耳垢のかすかな湿り梅雨に入る

しがらみにがんじがらめの青メロン

青芝のあなたへあなたの出棺す

最近たんたんとそして黙々と鰯雲

軋み割れ裂ける大地へ赤い月

まだ来ない内定通知枯尾花

冬薔薇肋骨五番あたりの思惟

前書きも後書きもなし初日の出

勉強が嫌いで生きて来て桜

留年を告げられし子へ春疾風

清明の湯呑みの底の茶の残り

鬼門より出でし紋白蝶の恋

子は宝親も宝よ海南風

五月闇子の舌打ちをまた叱る

壁に蜘蛛人の命の短くて
透きとおること考える夜の秋

歳時記に挟み持ちゆく秋の雷

カレーパン囓る寒露の進路室

団塊と言われお芋が焼けました

終焉の「焉」は何画初日の出

人に狂気花に狂瀾まっすぐいく

またひとり子供が消える牡丹雪

一筋の野焼きの煙父となる

生き辛く死に辛き世の花筏

真心の赤く色づき蝉時雨

別れにはつぶあんがいい蝉時雨

蝉時雨羯諦羯諦波羅羯諦

喉に胃に穴あく父の更衣

三樹彦恐るべし水無月大祓

戦争あり空蝉の目の透きとおる

いのこずち曲がれずに行く一輪車

「核」の字の「人」はつぶれて原爆忌

ウォシュレットの水の温もり神無月

杉満開杉の怒りがほとばしる

Ⅳ 鍵

平成二十年〜平成二十五年

病院の帰りの道の羽化の蝉

孫よりも軽き父親冬の暮

意識なき父の見ている冬の星

父死ぬるメガネ曇らす息の日に

徹夜明け切手の中の梅匂う

東京を脱出したい大百足

この世からあの世へ渡す鰯雲

それなんやあんたなんねんうち海鼠

守備位置は少し深めに葱坊主

切株の重機で掘られ赤黄男の忌

ちぐはぐに空を作りて赤とんぼ

消印のかすれ人間五十年

夜が蠢く桜散らすため
金魚掬って出世コースをはずれている

みどり児の中に阿修羅が蠢く夏

麦秋が光となって飛んでくる

小春日にひとりふたりと消えてゆく

楕円球追う男らへ梨の花

蝮酒となりても日本を睨みをり

マンホールより喜雨あふれゆく大都会

西方へ行きたし海月閉じ開く

靴下を脱いで海月のままでいる

返り花弥勒の指のしなやかに

花吹雪ひとひら全てわが同胞

時間という鉛筆まるくなる四月

春一番明朝体が飛んでくる

卒業式マイクスタンド影長し

煩悩の形に盛られ菊膾

軍服に値札ぷらぷら敗戦忌

桜植える町呑み込みし海の前

熱帯夜カチカチ三色ボールペン

萩こぼる日本国の端にいて

無能なる教師であった神無月

橋一つ残して町の消えた春

春の陽の津波の海の上に出る

ピカチュウが転がっている夏休み

廃校の校長室の扇風機

祭囃子かすれて少子高齢化

白頭を掻けばポピーの揺れはじむ

アンテナの先に初冬のくっついた

冬波の中にすすり泣く声声声

凸凹の海なり三月十一日

花満開柵乗り越えて来る生徒

非常口の男逃げ行く熱帯夜

蝉時雨気がつけば紙ねじっている

晩年は突然に来て濃紫陽花

面接の椅子ひとつあり秋の暮

涙腺の日々ゆるくなる犬ふぐり

眠る子を揺さぶっているかなかなかな

望の月ゆっくり止まる換気扇

あらゆる角度から見て鍵である

寒の風義を貫いてきて止まる

冬銀河机の上の不等式

この道は会津へ続く鉄砲百合

雲の峰見上げる交換留学生

Ⅴ 山椒魚

平成二十六年～令和元年

六三句

葉の先の宇宙を避けり蝸牛

捨てに行く亡父の布団仏桑花

父の日の母の見ている沖の沖

海亀の半眼沖縄慰霊の日

スマホ見てにやりと笑う烏兜

凧揚げの先で津波が眠っている

いい人で生きゆく疲れ春満月

三月の椅子を残して人消える

部分入れ歯洗浄の泡桜桃忌

母の日の母のお尻をふいてやる

溶けてゆくソフトクリームも憲法も
雪催赤のチョークの折れ易し

花吹雪ほめる言葉を探している

肩書きの肩よりこぼれ四月馬鹿

星月夜互い違いの過去光る

台木にも名前のありし林檎の朱

木の実降る平和国家の上に降る

除夜の鐘父の位牌のふと光る

某国水爆冬陽を浴びている蒲団

黒ネクタイ解いて若葉の風となる

炎天の曲がる胡瓜の自由主義

虫籠覗く少年の目となりて

引く波の長く響けり秋の浜

皆一歩海へ歩めり初日の出

鶯の初音の上の戦闘機

石と石と石が支える城の夏

ハイビスカス落とした腕を捜しに行く

ストローに歯形沖縄慰霊の日

レジ袋鶴折るごとくたたむ夏

浮かぶ柚子沈めてはまた浮く平和

延々と続くじゃんけん花吹雪

安房相模つなぎし海の大西日

見つめゐる通帳の残雁渡し

箱根駅伝倒れるために走り切る

スマホ繰る人が平目になっていく

廃屋の闇の奥より蝉時雨

どこまでも青田育っている平和

竹取の結末語りをり無月

蹴る石の右にそれゆく秋の暮

竹の秋俳師は戦争体験者

憲法記念日山椒魚は動かない

胎内に仏を宿し春の月

花大根新任教師の語尾上がり

青田風白寿なる師の志

合歓の花呆けし母の髪を梳く

福島の福落とさずに秋神輿

曼珠沙華母がだんだん小さくなる

生きて出ることなき病院帰り花

ハイビスカス海に眠っている戦

歳の暮忽然と鳴る着信音

青柳舟唄風を呼び寄する

椎若葉里見水軍物見台

立ち止まる蟻を走らす風一陣

ポスターの女ぐったり炎天下

海霧をまとい観音の立ち給ふ

千本鳥居蛇に呑まれてゆくごとく

全山にかなかなの声母の逝く

ろうそくの灯りの先の十三夜

平成が缶チューハイを飲んでいる

線香の煙まっすぐ今朝の秋

反対に回す地球儀原爆忌

自画像の石榴となりて割れてゆく

安房の地の停電の闇十三夜

Ⅵ　冬銀河

令和二年〜令和五年

六八句

冬銀河「こころ」を読みし四時間目

新聞の文字の消えゆく日向ぼこ

眼をむきし不動明王クリスマス

生徒なき学校雉が歩いている

紋白蝶絶天に白散りばめる

突然に卒業式が消えちゃった

出目金の凝視しているコロナの世

顔のなき五百羅漢の頸に蠅

柳散る諸葛孔明咳をする

一斉に降車ボタンの光る冬

あの朝の蝿も見ていた原子の火

地球儀の地球止まったままの夏

面接は明日無花果もいでいる

オリンピックは延期となりし一位の実

秋の浜詠嘆の「けり」寄せにけり

鬼ごっこしてみんなが消えた春

誘蛾灯リストの傷の新しい

砂浜もまだモノトーン海開き

秋の朝白くならない顔洗う

三樹彦の口語の息吹春一番

炎天下義足はずして立て掛ける

無患子の実が核心を突いてくる

バイク音残して帰る夜学の子

ファシズムという霜柱立っている

パンジーがじっと見ている俺の過去

永遠に視線の合わぬ夫婦雛

兜太の忌少し熱めの風呂がよい

鯉幟太平洋の風を呑む

避雷針みな天指してらいてう忌

瞑想は一本の線鑑真忌

引き出しの半分開いて秋の暮

「の」とするかはた「に」とするか初句会

ダム底に礎石現はる初明り

開拓の土地荒れ果てて名残雪

鯖缶のパカッとバレンタインの日

春の夜の戦争を見るＹｏｕＴｕｂｅ

花曇り無言で並ぶＡＴＭ

金太郎飴の日本文化の日

紅葉のキャンパス恋が落ちている

軍艦はみな水底に冬落暉

原子炉も人も消しゆく夏の霧

グー出して負けるじゃんけん雲の峰

草いきれここも耕作放棄の田

雨月の夜微笑まされている遺影

生命線ふっとなくなり冬の蝶

菜の花忌もうこの坂は登れない

八月の教室動かない空気

敗戦日鳩の出て来ぬ鳩時計

招き猫のみ微笑んでいる酷暑

炊き出しは蛇のごとくに大晦日

黒々と埴輪目覚める春の雷

朱の鳥居低く抜けゆく初燕

梅一輪納骨堂に母を置く

漆黒のガマより蛍また蛍

ビルという塔婆は黒し夏の夕

戦死者のごとくに間引菜散らばれり

教室の机に原爆忌の西日

盆の月帰宅困難区域にも

葡萄棚一房ごとの小宇宙

クリオネや突然不動明王に

初鏡まづは猫様坐りをり

白蒲公英お前も俺も異端児よ

虚子の忌の音たてて食うかりんとう

海風を身にまとはせて卒業す

ニイタカヤマノボレ一二〇八冬落暉

冬の月人語操る虎となる

古地図に市電の路線夏燕

校庭に風抜けるだけ夏休み

句集　白熱灯　畢

あとがき

俳句を作り始めて、かれこれ四十五年以上の月日が経つ。私が俳句と初めて出会ったのは、鳥取の大山町に住んでいた頃である。一人っ子で転校生の私には、友人は少なかった。日々の遊び相手は、ボール投げをした工場のコンクリートの壁と、周りに広がる広大な自然だった。母が地元の句会に参加していたのが、俳句に触れるきっかけだった。母が作った俳句の感想を述べるのが私の役目。中学生ながら、生意気にも母の句を批評していた。「門前の小僧習わぬ経を読む」ではないが、いつしか私も俳句を詠み始めていた。とはいえ、気が向いたら五七五にしてみるくらいのもの。本格的に俳句を始めようと思ったのは、大学生の時。これも何となく自分の俳句がどんなものかと思い、「朝日俳壇」に投句してみたところ、

恋の字を彫りし机に秋の暮

の句を、なんと加藤楸邨先生が「特選」に採り、さらにその年の「年間秀句10句」の中に選ばれた。人間評価されると嬉しいもので、特に若い自分にとって、何でもいいから自分という人間が認められる場ができたということが、生きる上での励みになった。その時から私は「俳句を作っていこう」と決意した。

またその頃、短歌の塚本邦雄先生が選をされていた「サンデー毎日」の「サンデー秀句館」で、

藁塚の藁一本のラディゲの死

という句をやはり「秀逸」に選んでいただいたことで、私は俳句の世界に大きくのめり込んでいくこととなった。

当時、世の中は空前の短歌ブーム。俵万智さんの『サラダ記念日』が大評判になっていた。しかし俳句は、文語体の「や」「かな」「けり」のイメージが強く、短歌には口語の世界が広がっているのに、俳句には何故それがないのか不

思議であった。しかしある時、松本恭子さんの『檸檬の街で』という句集を目にした。そこには口語の俳句がちりばめられていた。私はこれだと思い、すぐに松本恭子さんの師・伊丹三樹彦先生の「青玄」に入った。「青玄」は関西が中心で、関東では津根元潮先生に師事した。以来、口語俳句を中心に作句を続けている。

長い時間はかかったが、この度ようやく第一句集を上梓することになった。「ペガサス」の羽村美和子代表からコールサック社をご紹介いただいたことが僥倖であった。

私の第一句集『白熱灯』は、作句を始めた初期の句から、令和五年の俳句までを収載している。口語、文語の句が混じっているが、これが「東 國人」の世界と言えばいえるかもしれない。気がつけば、私も還暦を過ぎてしまった。これからどのような方向へ進むか分からないが、今日までの「東 國人」の世界に触れてみていただければと思っている。

今回の刊行に当たっては、いろいろとご相談にのっていただいた「ペガサス」の羽村美和子代表。身に余る帯文を賜った現代俳句協会副会長の筑紫磐井氏。本句集上梓に至るまで親身にお力添えいただいた、コールサック社の鈴木比佐雄氏、鈴木光影氏。これらの方々に、厚く感謝と御礼を申し上げます。

令和六年一月

東 國人

著者略歴

東 國人（あずま　くにと）

本名　早川正義

1960（昭和35）年　千葉県鋸南町生まれ。

幼少から少年期、父親の仕事の関係で、愛知県安城市、静岡県磐田市、鳥取県大山町、北海道今金町などで生活。

1988（昭和63）年 「青玄」入会。伊丹三樹彦・津根元潮に師事。

1995（平成7）年 「青玄」同人。

2018（平成30）年　全国俳誌協会第24回全国俳句コンクール協会賞受賞

［所属］
俳誌「青群」「ペガサス」「蛮」「祭演」。
現代俳句協会、全国俳誌協会、千葉県俳句作家協会、各会員。
千葉県現代俳句協会幹事。

住所　〒299-2521　千葉県南房総市白子673-1
mail　xbcfb800jp@yahoo.co.jp

句集　白熱灯

2024年2月14日初版発行
著　者　東 國人
編　集　鈴木比佐雄・鈴木光影
発行者　鈴木比佐雄
発行所　株式会社 コールサック社
〒173-0004　東京都板橋区板橋2-63-4-209
電話 03-5944-3258　FAX 03-5944-3238
suzuki@coal-sack.com　http://www.coal-sack.com
郵便振替　00180-4-741802
印刷管理　（株）コールサック社　制作部

装幀　松本菜央

落丁本・乱丁本はお取り替えいたします。

ISBN978-4-86435-600-8　C0092　￥2000E